歌集

青きモルフォ

矢野敦子

砂子屋書房

＊目次

I

II

Ⅲ

Ⅳ

装本・倉本　修

歌集　青きモルフォ

I

朝　光

遺伝子は新体操のリボンのようくるくる捩れ私を決める

セリーヌのささやくような歌声が羊水になり部屋に満ちくる

きさらぎの光の中に立てる母われいし羊水の海がゆらめく

嬰児はきゃきゃっと笑まい這いゆきぬ小さき掌罌粟の花四つ

お砂場の幼の小さき肩甲骨ひかりのなかに集まりあそぶ

甥の子を膝に抱けば幼子はきゅっとこわばり固き実になる

「喋舌る」ことロ中の舌蝶のようふるふる震えはたりと閉じる

朝光にポメラニアンが走り去るぜんしん鋭き青葉になりて

乱雑に埋めしチューリップの球根がおもいおもいにふうわりひらく

千の風

人々に歌い継がれる「千の風」自由に生きよと風がささやく

なんなんなんしゅりしゅりしゅりん嬰児は滴のように言葉を零す

「マズルカ」は舞踏曲なり五線紙の音符楽しく飛び跳ねている

とびはねる鍵盤体でおさえこみ藤原由紀乃は「カンパネラ」弾く

フルートの調べは流れやわらかなスカーフ空にひろがってゆく

少年らの新体操の組技がほろと崩れてボールになりぬ

おみならは美しき生き物のびやかに喉を反らしわらいあいたり

往来をチ、ヨ、コ、レ、イ、トと弾む童《こ》らの声秋空へちらばってゆく

だらだら坂の町

遠州は史跡の多し小豆餅、銭取、おかめの楽しき地名

翁らはペダルやゴムで鍛錬す部活のような藤野整形

出稼ぎの暑き国より来し少女淡雪のようママンとつぶやく

餞別に隣家の庭ゆゆずられる野百合の球根ふかく埋めたり

百合の花咲いたと早く伝えたし背《そびら》優しき若きおみなに

長男は大学院の工学研究科で卒業研究の実験に没頭していた

雪虫の騒がぬように子はしずめ研究室に終日こもる

研修の日焼けの残る子は熟れたとうきびのよう　健やかに立つ

身のうちの陰りもみせず子は走る若葉ゆらめく駅伝の道

こちゃこちゃと屋台居ならぶ中をぬけ法多山《はったさん》への道登りゆく

紅葉のきらめき

飽食の国で飼われし麒麟らは首すがすがと伸ばし草食む

われ見据え孔雀は金の羽根ひろぐ花魁のような足つきをして

呆けし人ふいに生気がよみがえる木々の紅葉のきらめくに似て

ほどけゆく義母《はは》が五十路の息子を叱るおまえほんとに落着きがない

眠れぬ夜指うさぎして遊びたり怒ったうさぎうれしいうさぎ

さまざまな表情《かお》見せし人ちぎり絵のかけらとなりて飛び去りゆきぬ

秋晴れの日

次男は広島県をバイクでツーリング中、転倒し、センターラインを超え、
対向車の大型トラックの車底にすべりこんだ。

昏睡《ねむり》より息子ほっかり目をひらく露に濡れいる茱萸の実のよう

肺炎の白きレントゲン《レ線》はくっきりと翼そろえる小鳩の形象《かたち》

洋梨の武骨なかたちよろこびて子は陽の透ける病室《へや》に横たう

「食べんさい」おから、ひじき煮いただきぬつきそい家族の呉のおばちゃん

健康をとりもどす子の小水は淡きこがねの葡萄水色

子の足は元のようには歩けない　野にそよぐ穂がひたりと止まる

「息子さん、手術《オペ》やりますか。決めなさい」われは砂丘にとり残される

子の隣ベッドの翁ひそと言う「手術したからって良くなりゃせんよ」

こっそりと病室を抜けだし整体院《せいたい》へ通うをみつかり叱られており

秋空に光孕めるうろこ雲「リュウグウノツカイ」ゆったりうねる

病院ゆやっと逃げだし次めざす介護のバンに息子を横たえ

病名で運命がほぼ決まるという　三度の転院、諦めずゆく

平行棒子は握りしめ立ちあがる月への一歩踏み出さんとす

危篤よと告げられし子が秋晴れの光のなかをゆったりあるく

母さんに感謝しろよと父言えば退院の息子かすかにうなづく

ドクターヘリで運ばれしより一年余秋晴れの日に退院をせり

わが胸に小鳥住みたり

わが胸に小鳥住みたりかすかなる風にふるふる柔毛ふるわす

口中でかしゃととけゆく角砂糖　堪え性なきわれをくやしむ

冬晴れの光のなかに言の葉に縛られやすきわが身を晒す

めざめれば今見し夢はうすれゆき桃の核ほどの暗さ残りぬ

天に向きつんつん跳ねる芽が生れてわれ少しずつ健やかになる

空知らぬ笛吹鯛が釣りあげられ明るき地上に引きだされおり

シンデレラを遺して母は死にました　一行で済む物語の死は

夕暮れにわが片頭痛はじまりぬ胡蝶骨の蝶パタパタさわぐ

初夏の葉の影揺れるバスにのり生きたきわれと死にたきわれあり

銀河をながる

王林がこの季節にはおいしいの母は娘の表情《かお》になりゆく

漱石の「坊っちゃん」のような人だねとわが夫をむかし母が言いたり

週末に帰宅せし子が月曜はサラリーマンの顔に戻りぬ

すぐ詫びる悲しい癖がついちゃったローソンのバイト始めし次男言う

幾つもの蘭を育てるおとめあり水性のごとき優しさはなつ

自をわすれ激しき性のひそみゆきたんぽぽのよう笑まう義母なり

アフガンの子らが戦争ごっこする「死んで僕らは自由になるんだ」

静か夜をねむる家族らばらばらに船を漕ぎいて銀河をながる

魂が生れ代わるなら

正装の義父《ちち》の遺影のおちゃめな目　どうや元旦にうまく逝ったやろ

無き意識こだまのように戻りきて一瞬ののち義父は逝きたり

米寿まで生きながらえば通夜の席エピソードでて笑いささめく

われ留守の庭に風船ゆれており紐におもりの小石が付きぬ

貞次郎《さだじろう》と犬に上司の名をつけて苛めしことあり　笑いつつ泣く

悼むごと水辺の五位鷺ひったりと木の葉のように頭をたれており

死してなおみ骨をさらす痛ましさ人の形象《かたち》に白じろとあり

魂が生れ代わるならさるぼぼの赤子となりて遊びいるかも

II

ふるさと

ふるさとの秋日は優しわが体のすみずみまでをすっぽりつつむ

われはよくすぐいなくなる子供だった小鳥屋へ行ったり空見ていたり

アレルギーのわが体質が痸つよく健やかならぬわれをつくりぬ

風ふけば鯉はりっぱな鯉になり五月の蒼穹ぐいぐいおよぐ

すたれゆく商店街で買う皮靴街いちばんの「靴のボストン」

夫の買う黒き皮靴つやめきぬ紐ピンとして虫の髭のごと

水色の文字で書かれし「向井刃物店」そば通るときひいやりとせり

爽やかにわれを苛める女《ひと》のありわれも爽やかに気づかぬふりせり

フクシマ

日本は北よりずわっと崩れゆく原発とびとびに点在する国

福島はフクシマになる原発ゆ放射能もれ辺りを汚染す

米国の無人写真機原発の上空をとぶ黒トンボのよう

少女の日地理でおぼえし陸前高田リアス海岸と地図がうかびぬ

ひととせを広島に居しことありぬ八月六日の町の鎮もり

みあげれば空真っ青に澄みわたる核弾頭がふいに閃く

山の音

瓶詰めの透明の水にすむメダカ月光食みてすらりとおよぐ

ぱりぱりとレタス・トマトを好み食む母清らかな植物になる

入院し父いぬ座敷におかれたる介護ベッドが檻にみえたり

リハビリゆ父は戻りて吾《あ》をみつけ幼児のような泣き笑いせり

麻痺の手と握手をすれば童《こ》のように力いっぱい握り返しぬ

麻痺の父みまもる母も老いゆきぬ歩けばがさり体がかしぐ

こうやって病んで老いゆき死にたればなあんもなくなる母ほつと言う

おやつ待つ父に開けたる缶詰の黄桃の実は満月のよう

寝たきりの義母をみまえば悲しみに澄む瞳してわれをみつむる

病人が三人になればわが身ぬちひよひよとしてこころもとなし

ふるさとに近き祖谷《いや》峡訪えば母ぜんしんしんで山の音聴く

夏の終わり

道のべの木の股に神いますらむ野の花たやさずたむけられおり

首ほそき白磁の壺のごとくなり畦道に鷺しんと立てるは

ヒメジョオン、ギンリョウソウにヤブガラシ、コミカンソウと野にひびきあう

空いちめん真白きうろくず広がりぬぱたぱた絵具たたきつけたよう

瀬戸大橋われわたるとき見る海はしんと動かず水彩画のごと

いちまいの毛布になりぬムササビは両手ひろげて闇夜をあそぶ

まんかいの向日葵の花黒く熟れみな首たれて夏が終わりぬ

秋になりたり

すたれゆく八幡祭り前足が白きズックの子供の獅子舞

病人を護りているうちいつしらに空気が澄みて秋になりたり

戸で挟む中指の爪かがなべて薔薇の花形くっきりうかぶ

食物の大方はみなカロリーをもつ生きよ生きよとカロリーが言う

とりどりのボタンのような錠剤を病づく息子夜ごと飲みおり

膵臓にランゲルハンスとう島があり体のなかをさびしき風ふく

真珠島海女は船より海なかに棒っ切れのよう倒れこみたり

踊りつつ恋人奪うテネシーのワルツ知りしとき陶然とせり

すずらんとバラが咲いている庭

先住者小さき小石でとりかこむすずらんとバラが咲いている庭

巻貝のなかに住むよう私はくるくる巻かれ引きこもりたり

池田晶子思索しつくし美しきまま彼岸にゆくを羨しと思う

はりぼての弱き身ぬちを錠剤でおぎないてわれ一日すごしぬ

いちまいのレースのような朝の陽をあびつつ白きシャツあまた干す

ヒコウキソウとう草を購うすがすがと風になびきて楽しくなりぬ

今日父のショートステイの朝なれば雨あがる道いそいで走る

父の卵焼き

生卵のなまめく黄味をかきまぜて卒寿の父の卵焼きつくる

よく食べてよく眠りては排泄しほぼ穏やかな父の日常

自が建てし古家の座敷に麻痺の身を白き竜のよう横たえており

終日を軍歌をきいて過ごしおりながく苦しき昭和を生きし

戦の苦を父は黙して従軍の奄美の島の楽しさかたる

寝込みたる父はばあさんばあさーんと六十路つれそう妻を離さず

「戦争に行くってことは大変な事」父の枕辺母ほつり言う

濃く淡く「桜医会」を語る父最後の一人となるをさびしむ

秋の本屋

若き日にさだまさし論を言いあいて笑いし友の変らぬ声きく

生れし蛾が上下にはげしく飛びつづけ何を探さむ壁に止まりぬ

濃緑のコップの重なり初夏のあまたの蟬の複眼のごと

とれたての牡蠣の白身をみるような能年玲奈の少女の顔《かんばせ》

口中のマコロン甘くくずれゆく死にたくないと泣きし義母顕つ

息子につく雪虫ふっと消えさりぬ明るく笑まう青年になる

細やかに小枝の影をおとす道夫と歩きぬ体ぶつけて

カラフルな漫画カバーがかけられて『人間失格』本屋にならぶ

店頭の雑誌の表紙洗いたてのような笑顔の広末涼子

光澄む秋の本屋にたたずめりああ北杜夫もいなくなりけり

すたれゆく商店街のアーケード撤去さるれば見知らぬ街あり

春のセーター

南国にめずらしく雪降りつもる夜中にどさっと雪おちる音

雪だるまへろへろとけて眉のない泣きだしそうな顔で立ちたり

ふるえつつ脚前挙《きやくぜんきよ》する吊輪のわざ内村航平職人の顔

槍投げの選手はぜんしん槍になり宇宙にすぽと吸いこまれゆく

ざあざあと森に雨ふる音のして古びたパソコン立ち上がりたり

諍いのいらだちのこしわれ走る道の遠くに海がひらける

夕暮れにわが偏頭痛はじまりぬずいんずいんと鬮壁を打つ

娘《こ》のようなデパートガールが薔薇色の春のセーターわれに勧める

春光を吸いこむセーターふくふくとわが心まで暖めている

美《は》しき敬礼

指宿へ特急列車「たまて箱」菜の花かきわけ揺れつつ走る

眠る吾に小倉小倉のアナウンス行き交う人の羽搏きの音

ブラジルゆ送られて来し草の種エメラルドオクラを庭に埋めたり

玉葱を透きとおるまで炒めつつ言葉わきあがるをわれは待ちおり

実験の家兎とも知らず幼な吾《あ》は蘩蔞《はこべ》をつみて日日食べさせぬ

ずっしりと重たき兎よく肥えぬ白衣の父が抱きし写真あり

食べ始めの子にするように老い父に白粥一匙口に運びぬ

戦いに友を亡くしし父の戦後九十四歳《くじゅうし》の今生き残りたり

「学徒出陣優れし男みな逝きぬナカソネヤスヒロごときが残る」

息子は猛る「零戦」にならなら乗ったろう男だからね「桜花」はいやだな

太平洋に戦艦あまた沈むというなべて呑み込み地球は回る

戦いし最後の人となりて言う安保法案あれはいかんぞ

「桜医会」の同期の子息ゆ来る便りやっと戦後が終わりましたと

御襁褓替えうまくなりたるわれの耳元父は初めてすまんなと言う

ふにゃふにゃと頼りなき吾が叱れども叱ってほしきわれがいるなり

ひきこもりわれ住む部屋は縄文の洞窟のようここち良かりき

東京の学生われら巡りゆきし彼岸花満つる紀国の歌碑

グッドミン、レンドルミンにマイスリー深海魚のごと眠り欲りたり

父の息ほそりゆく午後窓の外カンナは燃えて夏が熟れゆく

ほそほそと父語りだす加計呂麻《かけろま》で島尾敏雄を見たことがある

そこここに赤花咲きし沖縄の今ならそれが血の花に見ゆ

病む父はベッドの柵にしがみつき蜻蛉の羽根朽ちて眠りぬ

病みつつも水底沈む鮃のごとときおりひらり身をひらめかす

看護師に死にかけてるかと父が問う元気そのもの笑いて答う

看護師に海軍式の感謝をす肘先ピシリ美しき敬礼

老い父は瞬時を生きて来し方を大方忘る園遊会のことも

日日つづく父の介護のつかのまをやさしき花の画集を開く

病院ゆ戻れぬ父は見舞う吾にかすれる声でダンケとささやく

全身を父は痛がり喘ぎたりじわりじわりと蜘蛛の糸しまる

逝くときに父は敬礼するだろう姿小さく闇に消えゆく

Ⅲ

青きモルフォ

健やかなころの息子が集めし蝶モルフォの青が銀に光りぬ

たまさかに夫が見つけぬ鹿児島に漢方薬の名医のありと

強薬を皆とり去れば青白く洗ったような息子あらわる

父、息子ふたりの介護に揺れる間もバス事故起こり若者ら逝く

五日間息子ゆ電話なきことにわれは気づかず愚かな母は

横たわる霊安室の息子の頬にあわき朝陽がさしこみはじむ

弟は兄の死顔に頬よせて号泣をせり数分間だけ

後泣かず歯をくい縛り送りたり遺影をぎゅうっと抱えておりぬ

悲しみは津波のごとく襲いくる闇の底いの底いより来る

老いの苦を知らず逝きたり三十二歳《さんじゅうに》の若き声顕つイケメン遺影

やわらかく語りし口調甦るかあさん宮古へ虫取りに行くよ

何処よりビオラのような黄の蝶がふたふた現われわれわれにまつわる

しずみゆく日輪のなか虫取り網もちし息子の影ながくのぶ

日日われは叫びだしたき思いなりそれが過ぎれば気力うしなう

はなびらが水色の空ゆ降るような日曜はもうわたしに来ない

父と息子

きさらぎの半ばに倒れ病みし父六年寝こみてきさらぎに逝く

父と息子の写真をかざる喪の部屋の闇に百合の香ただよいており

魂のことばかり思う魂《たま》見んと黒ぐろ青き闇に目を凝らす

三十二歳《さんじゅうに》で逝きし息子に一本の虫歯のなきことぼんやりよぎる

そこここにわたずみあり愚かなるわれは容易く足をとられる

色紙の鎖のように危うかり人のこころも人と人とも

息子の遺す本に挟まる友への手紙はつかためらい投函したり

息子締めしkansaiの縞のネクタイが夫の簞笥で若やいでいる

清やかに一気にジョッキ飲みほすをイギリス人と上司に言われし

去年の夏婆娑羅《ばさら》まつりは高まりぬ若きらのなかゆらゆらめぐる

彼岸にいる息子よはやく戻りこよ好きなアイスは冷たく甘い

台風の嵐ちかづき息子を案ず魂は雨に濡れないだろうに

死の年に鹿児島中央駅《ちゅうおうえき》のレストラン黒豚トンカツわれに奢りぬ

駅前に大き観覧車まわる街息子が逝きて訪うことなし

「シクラメンのよい育て方」父残す抽斗のメモにならぶ丸文字

こぞの冬苗木植えんと庭師いう蠟梅、梔子楽しみにまつ

脈絡なく生き来し吾なり六十年根をはりつづける庭の木々たち

夫亡くし眠りこむ母、子を亡くしうちつけ泣く吾ともに夏越ゆ

南天の実

こんなとこ入っちゃってと息子の墓に夫清らかな水をそそぎぬ

正月の花を供えぬ風のなく南天の実にぬくき日とどく

魂になりし息子がわが辺に来てさびしさびしと背にすがりつく

兄の物いつも一つは身につける弟なればせつなく悲し

真言の僧侶がたとえる無の境地　ボールが一瞬止まってみえる

悔やむ吾にもう諦めよという声のほとほとしみじみわが裡に落つ

やわらかな麻布のような声だった写真の彼ははにかみ笑まう

息子から来しなぞなぞにわれ答えざりき「はるかに遠い国はどーこだ」

ニホニウムの発見知りて喜びし息子がうかぶ技術者なりぬ

鮮やかなモルフォのように羽搏けずふいと逝きにし息子をくやしむ

息子との過ぎ来し顕ちぬばらばらの写真のようなばらばらの彩《いろ》

冬の日の空気ピリリとしまる朝ユースキンAのにおい漂う

夏遊びし広場は冬の陽にあふれ息子ぼんやりたたずんでいる

桜の木の下で

春四月わが誕生日ひかりふる花々のなかわれは生まれき

還暦の吾《あ》を老母が祝いくれ生きなさいねと耳元で言う

老母は筍のみを好み食む青竹のよう老いて清らか

出会いし人死者も生者もみなつどう桜の下で魂あそぶ

動きだす刹那の形象《かたち》に雛たちは箱におさまりひととせねむる

息子のギャグ無声映画のごとうかぶかすかにバイクひびく春の夜

母さんは僕を河童にしたと言う息子の前髪切りすぎしとき

岩間よりモンシロあまた湧くように言の葉湧くをわれは待ちおり

雑踏でるり子さんかときかれたりわれによく似た猫背がよぎる

風の耳

椎茸は木々濃き山でそだちゆく大小さまざま風の耳して

いっしんにドラムをたたく夫がおり頭のなか風の吹きぬく表情《かお》する

わが夫は海辺のそだち焼鰺の背骨すらりと美しく食みたり

「ロマンス」をピアノで弾く夫左右《そう》の掌《て》は蝶の羽なりとじてひらいて

フィレンツェの街にたたずむ義兄《あに》の遺影あかるき光につつまれ笑みぬ

死はどんな感じかと問う六月の青葉のさやぐ道ひとり行く

夏の児は放っていても育つのよ言いくれし伯母その面うかぶ

ある朝に鏡のなかのわが顔の眉が上方にあるに気づけり

老美容師わが前髪をさくり切るこれでお顔が明るくなった

テッポウユリ

残される者は損だね老母いう白き素麺するりと食みつつ

老母がときおり生母を語る夜テッポウユリがゆらりと騒ぐ

やれやっとどうやら夜が明けたよう昼夜逆転眠れぬ母は

長生きも難儀なことと言いて後赤子のような寝顔で眠る

一人分母の昼餉を作らんとままごとのように菜を刻みおり

購える益子の小皿手にとりぬ土ゆ生れし皿やがて還る吾《あ》

静やかな秋が来にけり湖のおもてを破り銀の斧しずむ

日向のにおい

ねこじゃらしと幼子言いしまわらない舌のひびきに日向のにおい

カンナ咲く「公園前駅」憶いいいづ亡き子とむかし電車を見しを

めずらしいがらだったよと幼子が見かけたと言いし杳き日の猫

ガーベラの苗植える吾に亡き息子幼きすがたでひたと寄りそう

ベビーレタス葉先ふるふるちぢれおり赤子の吐息のごとふるえおり

幼かりし息子と船漕ぐまねをするロー、ロー・エンド・ロー、ローと歌いつつ遊ぶ

動物園ゆゾウガメ「アブー」逃走すがんばれ「アブー」遠くへ逃げきれ

幼子と糸電話するささやきは吐息のようで耳にこそばゆし

ふるさとの山

「令和」とう清きひびきに涙する新しき年を生きざりし息子

わが胸のどこかに小さき穴があるひゅるーと冷たし子が逝きてのち

かあさんも老けたと息子の声がする月命日に百合を供えぬ

いま、海ゆ現われたような姿して波打ちぎわに青年は立つ

逝きし息子芯が弱いというよりは柔らかかったと想う冬の夜

母ゆ受く兎のマフラーひんやりと雪穴にじっとひそむ冷たさ

おおどかに「観音寺」食みし子はおらずふるさとの山けぶりて静か

オニオコゼ太古からそこにいるように海底の砂にひったりと添う

遠浅の有明浜はうみそらが青く重なりどこまでも青

しろそこひ

近眼鏡外せばぱらり眼球が落ちた気がせりしろそこひの目

一人ずつ手術室《オペ》の中に運ばれて死人のように台に移さる

手術《オペ》なかま手術《オペ》の恐怖を語りたりふいに視界が闇になりしと

人工の水晶体の入る目はかすかに重し瞬きのたび

外に出れば吾《あ》が新しき目はまぶし夏の光のように銀色

清浄機われ通るとき点灯す生き物のにおい人間のにおい

赤花の木の下で

亡き息子いつも真白き夏服で赤花の木の下でほほえむ

洗い物干す吾の顔に白き蝶まとわり離れず子の魂《たま》ならん

いちまいの紙片となりて翅ひろげ揚羽は止まる木犀の枝

叫ぶように弾くこのピアノおれ好きさき曲ながれきて息子の声顕つ

かげん悪き子どもばかりを診る夫がときには胸に抱いてやると言う

少女らは身ぬちに百合のつぼみ秘めほころびくるをそっと待ちおり

次次と新種創られ売られゆく揺らめくめだか命のめだかよ

戦争はまだ起きてない紫陽花の青き花火が闇夜にひらく

Ⅳ

三回忌

もう息子に会うことはない冬霜の染みいるような悲しみがくる

息子まね一リットルの牛乳をラッパ飲みする涙こみあぐ

死者はもう本当の死者三回忌ジャラーンジャランと妙鉢ひびく

つくづくと遺影見ており端正な顔ほころばす作業着をきて

あの子今どのあたりまで行ったろう僧侶に息子の在り処たずねぬ

黄金週間

息子残しし構造式のノートありグッチのロゴのごと楽しき模様

卒業の息子と写しし写真あり吾は晴れやかな若き母なり

城まつりの喧騒とどかぬ家ぬちですずやかに過ぐ黄金週間

つつがなく暮らせばそれでよろしいと老母細く息つぎ言いぬ

しろそこひ金魚鉢の底のぞくよう戸外は光りゆらぎ見えたり

雪のような染みいるような優しさを父はもちたり逝きて気づきぬ

尋ねられ大坂なおみはやわらかな雫のように日本語こぼす

清らに笑まう

あっちゃーんと呼ばれてすぐに駆けつける縺れあうよう母と暮らしぬ

軍艦の本ばかり見し父は逝き初冬の光障子に透ける

母の食む魚をもとめて過疎の町自転車《チャリ》ですわっとかけぬけてゆく

この寒さあとふた月で終わるだろう母を電気の毛布でくるむ

つかえつつ回る糸巻母語る終戦のこと大邱、引揚げ

「ひるがえる玄界灘をいもうとと十七歳で目瞑り越えた」

手をとりていちにのさーんと立たせたり幼子じゃなく老いゆく母を

祖父に似て苦き茶よろこぶ幼吾をあわれと若き母は詠いし

「道成寺」謡いしことを誇りとし母は老後をゆるゆるすごす

ザ・ピーナッツ各々片手を広げたりロールシャッハの水色の蝶

ふしぎな街

ハンチング白きを被りゆうらりと自転車にのる父に似た人

亡き父の鞄に小さきメモ見つくわれの名前と電話番号

解ること解らぬことを分けなさいつづまりは父吾に言いしこと

親類のおみなの葬儀のしたくする母の体ゆ仁丹におう

よく笑う老人になるわが母は『喜ぶ少女』のように笑いぬ

小さき小さきしらす数多を食みおれば一つ一つに黒き目がある

生卵のなまめく匂いとおざけて卵かけ御飯今日はやめたり

仏壇屋の横が刃物屋向いケーキ屋ふしぎな街をいつも通りぬ

魚屋も鮨屋本屋もなくなりぬいよいよ寂しき商店街なり

夕立がざざっと始まりさっと退くとおくで鈴の音空よりきこゆ

蒲公英

福さこいいっぱいこいと書かれたるカレンダー破りてきさらぎになる

蒲公英の球《たま》の綿毛がふわふわっと一年生の頭のようなり

桜花チェリーブロッサム日本語も英語もともに美しくひびけり

N病院最後の患者にわれなりぬ水曜の朝閉院したり

幼日の二人子われにきゅっと寄る写真を見ればさびしさつのりぬ

亡き息子赤子や少年さまざまな姿になりてわが前に顕つ

わたくしをおかんと呼ぶ子がいたことが六十年でうれしかりしこと

道の駅チャンドロポメロとう果実あり産地知らねどひびきの楽し

武漢より蝙蝠あまた飛びたってつぎつぎ地球を黒く覆いぬ

老母が大きいなり寿司食べるとき昔話の婆になりたり

老母はときおり眠る何物かにひきこまれるよう深く眠りぬ

公園のカワヅサクラがほころんでピアノの音が狂ってゆきぬ

さびしい春

卒業の子にこんな未来が来ると知らず清らかなりし「螢の光」

亡き息子を好青年と褒めくれし伯母も逝きたりぽつっとひとり

お笑いに身を捧げこし志村逝くヤマトザクラは美しくさびしき

この地球《テラ》にくろき蝙蝠生れいでぬ幾万の傘つらなり陰る

砕けたるガラス呑むよう息苦しコロナにかかりし人語りたり

たっぷりの春のひざしに満つる部屋ふだんどおりに義姉《あね》は横たう

守り刀胸の上に置きねむりたりあの世へひとりの出立なるべし

カーニバルの部屋

梅雨空に紫の傘ふるふると花咲くように掲げてゆきぬ

マスクつけ人ら無言ですれちがう見なれた街の見知らぬ人たち

数字の3とがった耳のようにかく子供だったよ地面の上に

五十年象のメリーは檻のなか地響きとどろく草原恋うや

祖母もちし進駐軍のブランケット国旗のような星が並びぬ

とっぴなる考えふいに沸き上がるカーテン代えてカーニバルの部屋

小兵なる炎鵬関は寄り切ってひらり行司の緋色の着物

やわらかき声

横たわりみな死ぬんだからという母は初夏の光につつまれている

「国のよき時代におまえは育ったよ」若き日父は大戦にあり

戦争がなあんもかんもだめにした老母ほそり呪詛のごと言う

花々の死にゆく匂い甘酸ゆくかすかにただよう母おらぬ部屋

わが友ら老ゆる母父抱えおりにっちもさっちもゆかぬと笑う

痛みかくす友の電話は明るくてわれ笑いつつ少し泣きたり

白くつづく病棟のろうか秋の陽が四角き窓のかたちにおちる

入院のよるべなき母われみつけぱっと晴れ間になるごと笑みぬ

老母はふた月ののち退院しやわらかき声家ぬちにたつ

くつろぎて穏やかに笑む老母に死が恐くないかとわれは問いたり

あの人やこの人が待つ黄泉国ふるさとのようになつかしく言う

わが骨がコキコキ鳴りぬさびしきは理科室に立つ人体模型

剪定の鋏の音がかろやかなリズムになりて空にちらばる

夫のふるさと

夫の実家《いえ》壊され更地になりたれば町並の中ぽかんと青空

潮の香のただよう市場赤貝の朱鮮らけし夫のふるさと

義母遺す白大島はガジュマルと小さき家々ちらばり寂し

風呂蓋をとれば真白き湯気上がるおいしそうなり炊きたての湯は

とりこわすビルがシートでおおわれぬ風吹けば鳥生るるごと羽振く

電線に鴉が止まるぱっさりと黒衣のような翼たたみて

田園に案山子つっ立ちウエルカムと破顔一笑両手ひろげぬ

缶コーヒー義父の墓前に供え置くとうさん今日はほんと暑いね

瀬戸の海夕日の落ちていちめんに光の鱗がきらめいている

白き雲うかぶ

三年へて息子の気配す魂《たま》ならん出立を吾に告げにきたるや

つづまりは皆独りきり独りきりで死にし人らの墓石が続く

墓地の空見上げれば白き雲うかぶその雲に息子楽しげに乗る

逝きし息子娶らざりければ永遠にわがものとして清らかにあり

あるときは息子に語り励ましぬ三浦哲郎の血脈の族

八月の子の誕生日を忘れゆく命日のみが頭に刻まれいる

捨てられる母のすがたみ青空をうるみて映す赤子の目のよう

ひっそりと裸の小鳥を抱くように老いゆく母を風呂に入れたり

癌病みて臓器三つをうしないし僧侶の読経は秋にさびしい

青き睡蓮

吾の老後なきかもしれず麻痺の足ＭＲＩの装置に曝す

ＭＲＩに写るひざうら白影が葡萄の房のかたちに垂る

良性のことが多いと告げられて息つめる吾のこころ緩びぬ

歩くとき麻痺せし左の足の平たふたふたふと下がるを引き上ぐ

サンダルのような装具でかっちりと踵かためて地面を踏みぬ

宝山湖に青き睡蓮咲くといふみづうみめざしほつほつ歩く

道端に大き蟷螂たたずんで竹細工のようにゆらりと揺れぬ

厚き掌

肩の辺がほわっと和みぬ気がつけば今日は息子の月命日なり

今日は陽が暖かいねと子の墓にいつものように語りかけたり

生きおらば何かの役にたちおらむか息子の厚き掌の顕つ

大叔父の家系絶やすな言いいしが次男で終わりとあっさりと思う

幼き日息子つくりし標本のアサギマダラの羽くずれゆく

もしわれが生れかわるなら次の世はデザイナー、画家、健全な母

悲しみは時間の濾紙でこされゆき秋日の溜りにたたずんでいる

地球《てら》の色

眠るとき夜のしじまはじーんじーん頭の中で蟬鳴くごとし

「ヤマダヤ」のマスク姿の店員は黒子のように無言で動く

汐入川の土手あるく人道の辺の地蔵に小さく手を合わせゆく

コロナ禍にもお天道さまはふりそそぐ土手の荒道じゃりじゃり歩く

沙弥島《しゃみじま》の公園木立の中にありゴオッと風鳴りたちまち暗し

父の時計息子の時計それぞれが違う時刻を指して止まりき

東京の友がおどろく四国の空青く澄みゆき地球《てら》の色濃し

月の光

引揚げのくらき海峡渡りこし母をささえる明るき健脚

アルバムの母の兄さん草色の蟷螂に似て清き面立ち

老母は素麺すする口中でさはりほどける感触よろこぶ

満月のような母からわれ生れて月の光をそそがれ育つ

ははそはの母が厠にたつたびに小鳥のような体を支えぬ

老母の尿《ゆまり》さらさら水のごと匂いをもたず　水草になる

「死ぬ前に知覧を見たい」「特攻で出撃したのは若きらばかり」

花のような褥瘡お尻にできはじめ痛がりており途方にくれる

逝くときはたった一人でふいいっといなくなるんだ息子も母も

灰色の緞帳のような冬の空病院の上にたれこめており

お年寄りの讃岐ことばに励まさる「ゆるぎたるぎでおやんなさいよ」

解説

糸川雅子

『青きモルフォ』は、「音」短歌会会員、矢野敦子さんの第一歌集である。

矢野さんと「短歌」との出会いは、それほど早くはなかったようである。國學院大学の文学部文学科日本文学専攻に学び、当然、和歌の世界には親しんでこられたが、この時期には、実作の方には関心は向かなかったようである。卒業論文は「私小説」という観点から、太宰治や志賀直哉の小説について書いたそうである。その後、四十代になって、寺山修司の作品に触れたことがきっかけで短歌に興味を持ち、「NHK文化センター高松教室」の玉井清弘氏の短歌講座を受講することとなった。二〇〇四年のことであり、二〇〇六年には、「音」短歌会にも入会となった。

遺伝子は新体操のリボンのようくるくる捩れ私を決める
セリーヌのささやくような歌声が羊水になり部屋に満ちくる
きさらぎの光の中に立てる母われいし羊水の海がゆらめく
「喋舌る」ことロ中の舌蝶のようふるふる震えはたりと閉じる

歌集巻頭の「朝光」は、矢野さんが短歌と出会った頃の作品である。一首目、DNA配列の二重らせん構造を「新体操のリボンのよう」ととらえ、二首目は、セリーヌ・ディオンの「歌声」が流れる部屋にいて、それを「羊水になり部屋に満ちくる」と感じているのである。それは次の歌で、「母」のなかの「われいし羊水の海」に繋がっていく。命の神秘に向き合い、それを印象的な景として一首に定着させていく感覚の鋭敏さがうかがえる。

これまで私が、矢野さんにお会いして話したのは、「音短歌会全国大会」での二回である。短歌を始めて間もなく家族の介護も始まり、矢野さんは、香川支部会に参加することも難しくなったのである。矢野さんが「音」賞を受賞した際の選考委員であったこともあり、この度、歌集出版のお手伝いをすることになったが、そんな訳で、電話の遣り取りで作業を進めていくことになった。矢野さんの介護や家事が一段落する時刻、そして私も、日没後はたいてい家の中にいる生活であるので、夜八時過ぎが電話タイムとなった。そんななかで、よくお聞きしたのが、短歌を始めた頃の話である。
玉井先生から、他の誰の歌とも似ていないところが良いと言われ、自分の歌はこれでいいんだなあと思えたこと。それが、自分の歌の方向性を決めたように思うとも語っていた。そして、褒められた作品の一つが、四首目の「喋舌る」であったそうである。

「Ⅱ」章の時期は父の介護中心の生活になり、傍らでは母も老いてゆく日々である。

入院し父いぬ座敷におかれたる介護ベッドが檻にみえたり
こうやって病んで老いゆき死にたればなあんもなくなる母ほつと言う
よく食べてよく眠りては排泄しほぼ穏やかな父の日常
自が建てし古家の座敷に麻痺の身を白き竜のよう横たえており
「戦争に行くってことは大変な事」父の枕辺母ほつり言う

濃く淡く「桜医会」を語る父最後の一人となるをさびしむ
看護師に海軍式の感謝をす肘先ピシリ美しき敬礼
逝くときに父は敬礼するだろう姿小さく闇に消えゆく

「父」や「母」の人生や人柄がおのずと浮かびあがってくる。高齢社会を迎えた現代、介護の歌は多くあるが、矢野さんの作品の特徴は、自身の介護の日々が詠まれていくだけではなく、戦後日本がたどった歴史のなかに「父」や「母」に流れた時間が描かれていることである。この時期の作品を纏めた「美《は》しき敬礼」三十首によって、「第三十四回音短歌賞」を受賞した。

風ふけば鯉はりっぱな鯉になり五月の蒼穹ぐいぐいおよぐ
濃緑のコップの重なり初夏のあまたの蟬の複眼のごと
光澄む秋の本屋にたたずめりああ北杜夫もいなくなりけり
雪だるまへろへろとけて眉のない泣きだしそうな顔で立ちたり

介護の日々のなかの出来事や情景が、季節の移り行きのなかに描き出された作品であり、作者の感性が掬い取った抒情が印象的である。

「Ⅲ」「Ⅳ」章には、哀切な歌が収められている。ずっと介護してきた父上が亡くなり、その上、その前年には、思いがけぬ長男の急逝に遭遇することになってしまった。

健やかなころの息子が集めし蝶《モルフォ》の青が銀に光りぬ
後泣かず歯をくい縛り送りたり遺影をぎゅうっと抱えておりぬ
悲しみは津波のごとく襲いくる闇の底いの底いより来る
しずみゆく日輪のなか虫取り網もちし息子の影ながくのぶ
日びわれは叫びだしたき思いなりそれが過ぎれば気力うしなう
はなびらが水色の空ゆ降るような日曜はもうわたしに来ない

歌集のタイトルにもなった「青きモルフォ」一連の作品である。ご長男は昆虫の好きな青年であったことを、電話の折々に、さまざまな話題のなかでお聞きした。二首目は、次男を詠んだ歌で、家族のかなしみが伝わってくる。

父と息子の写真をかざる喪の部屋の闇に百合の香ただよいており
夫亡くし眠りこむ母、子を亡くしうちつけ泣く吾ともに夏越ゆ
悔やむ吾にもう諦めよという声のほとほとしみじみわが裡に落つ
やわらかな麻布のような声だった写真の彼ははにかみ笑まう
かあさんも老けたと息子の声がする月命日に百合を供えぬ
亡き息子いつも真白き夏服で赤花の木の下でほほえむ
息子まね一リットルの牛乳をラッパ飲みする涙こみあぐ
逝きし息子娶らざりければ永遠にわがものとして清らかにあり

一、二首目、「父」と「子」を亡くし、遺された者たちが、悲しみに繋がって寄り合うような日々である。並べ置かれた三・四首目。息子の声を「柔らかな麻布のような声」と感じ、その声を我が身に受け入れようとする思いを、「ほとほとしみじみ」の表現がよく伝えており、遺された母である作者の日々が心に迫ってくる。八首目は、その思いを裡側から詠んだ一首で、これもまた、母の大きな悲しみである。今、まさにその只中にいる、その悲しみの挽歌である。遺された母は、「息子の声」を日々聞きながら生きているのである。それがよく表れているのが、次のような歌であろう。

台風の嵐ちかづき息子を案ず魂は雨に濡れないだろうに
魂になりし息子がわが辺に来てさびしさびしと背にすがりつく
洗い物干す吾の顔に白き蝶まとわり離れず子の魂《たま》ならん
三とせ経て息子の気配す魂《たま》ならん出立を吾に告げにきたるや

「魂」「魂」とは、矢野さんにとって、姿は消えてしまっても、今でもここに確かに存在する「息子」なのである。だから、「雨に濡れない」かと案じ、互いの「気配」を感じつつ、時には声もかけ合って暮らしているのである。

還暦の吾《あ》を老母が祝いくれ生きなさいねと耳元で言う
長生きも難儀なことと言いて後赤子のような寝顔で眠る
あっちゃーんと呼ばれてすぐに駆けつける縺れあうよう母と暮らしぬ
くつろぎて穏やかに笑む老母に死が恐くないかとわれは問いたり
あの人やこの人が待つ黄泉国ふるさとのようになつかしく言う
「死ぬ前に知覧を見たい」「特攻で出撃したのは若きらばかり」

現在の矢野さんは、三首目のように、母の介護の日々である。実の娘に介護を委ねることができて、家族には医師もいるというのは、母にとっては、いかにも恵まれた老後生活であろう。『青きモルフォ』の他の歌からも、矢野さんが細やかに心を配りながら介護していることが伝わってくるが、一・二首目のように、「母」も圧倒的な存在感で描かれている。敗戦後、大邱から引揚げて来た「母」は、早くからピアノも習い、矢野さんの言葉によれば、それまでは、「蝶よ花よの娘時代」を送っていたそうだが、やはり、強い人だったのだろう。

「われ」の「問い」かけの四首目、そして、「母」の答える五首目。心通い合う母娘の対話のようでありつつ、それぞれの人生を懸けた、二人の人間の崖っ縁の問答のようでもある。一方、六首目は、「母」の言葉をそのまま鉤括弧で置いた構成の一首である。『青きモルフォ』にいくつかある直接話法の例と同じように、作品世界を広げながら、「母」の強さを伝えてくる。

＊　＊

静か夜をねむる家族らばらばらばらに船を漕ぎいて銀河をながる
幼かりし息子と船漕ぐまねをするロー・エンド・ロー・ローと歌いつつ遊ぶ

それぞれ、「銀河をながる」と「日向のにおい」一連のなかに置かれ、どちらも、心に沁みてくる歌である。「船を漕ぐ」ことに象徴されるものが、矢野さんにとっての生きることのイメージであるようだ。そして今、矢野さんは、こうして第一歌集をまとめ、「短歌」の新しい世界に進もうとしている。「歌が愛おしくなった」とも話しておられた。

「短歌」の海の新しい海域を、力強く漕ぎ進んでいくことを祈っています。

あとがき

これは、私の第一歌集です。二〇〇六年から二〇二一年までの作品のうち四〇一首をほぼ制作順に収めました。

二〇〇六年頃から高齢の家族の介護が始まりました。義父母や私の父、息子たちが次々病気や怪我に見舞われ、親戚の人らもぽつぽつ寝込み始め、まるで病のゾーンに入ったかのようでした。その間に私の長男まで急逝してしまいました。とりわけ、長男の死は、大きな悲しみでした。

この歌集を出すことは、覚悟がいりました。迷いましたが、来年は長男の七回忌を迎えますし、私も還暦のふしめに、これまでの日々をどうしても一つの歌集に纏めておきたいという思いが強くなりました。選歌、解説を糸川雅子先生にお願いしました。先生には、丁寧で細やかな温かいご指導を受け、歌を纏めることができましたことを深く感謝いたしております。

題名にした『青きモルフォ』は、当時、大学生だった長男が、夏休みに帰省の折、私にプレゼントしてくれたモルフォ蝶からとりました。渋谷の宮益坂にある昆虫店で買ったと言っていました。青い翅の美しい蝶です。見る度にこの青い蝶が数多アマゾンの渓谷を飛ぶ様がうかび、息子のうれしそうな顔も思い出します。

彼は昆虫の大好きな心優しい青年でした。幼い頃から昆虫採集に勤しんでいましたが、成長とともに本格化してゆきました。青年の一時期は日本昆虫協会の会員でもありました。卒業後、東京の赤坂にある会社で働いているとき、元々体調が不調だったのですが、精神的ストレスから悪化してしまいました。実家に戻り静養していましたが、急逝しました。

今、戸外は晩夏で蟬の声にあふれています。庭にいた私の足元で、じっと動かない蟬に気づきました。緑の翅の若い蟬です。ヒグラシのようです。そのときは何も思いませんでしたが、後でふと、あの蟬は息子の生まれかわりではなかったか、生まれかわって私の所にきてくれたのではないかと思い至りました。それは彼が幼い頃、アリの行列をじっと見て、「僕も虫に生まれたらよかったのに」と呟き、胸をつかれた記憶が蘇ったからです。あわてて戻ってみると、蟬はオヒシバの茎にしがみ付いていました。蟬に生まれかわったって、すぐにまた死ななくてはならないのにと思うと、悲しくてしかたありませんでした。

息子は、元々、わずらわしいことの多い人間の世界よりも大自然の中で自由に生きたかったのかもしれません。

この歌集は亡き長男に捧げます。

私は二〇〇四年頃からＮＨＫ文化センター高松教室で玉井清弘先生から短歌を学びました。いろいろな歌人の感性に触れ、自分も自分独自の感覚を表現するんだと、はりきって歌を作りました。ようやくできた歌を批評していただくうちに、自分の中の混沌としたものにかたちができてきた気がします。やがて歌に透明感や色彩、光や感覚の鋭さ、清冽さなどを出したいと印象派の画家のような創作意欲が出てきて楽しい日々でした。

しかし、息子の死や、介護がすすむにつれて、人間というもののつらさ、せつなさ、悲しみ、儚さや危うさなどを深く感じるようになりました。幸せについて思いを巡らせるようになりました。玉井先生が言われた「うまい歌ではなくいい歌を作りなさい」の言葉を心に刻んでいます。そして、今は、いい歌とは何かを考えています。今後の歌作りにつなげます。

歌会に出ていない私は、毎月送られてくる「音」の歌誌が心の支えでした。長く欠詠したときもありましたが、私の投稿歌が掲載され、また批評欄で批評をいただいたり、思いがけず「音賞」をいただいたりしたことが励みとなり今日までできました。香川を離れていた間も香川支部会の歌会の冊子を毎月送って下さった方もいました。玉井清弘先生、糸川雅子先生始め「音」の先生方、「音」のみなさまには感謝の気持ちでいっぱいです。

後になりましたが、この歌集発行にご尽力いただきました砂子屋書房の田村雅之様、装幀の倉本修様に深く感謝いたしております。

後の後になりましたが、私の夫には、コピーを始め有形無形に助けてもらいました。あわせて感謝いたします。

令和三年一〇月朔日

矢野敦子

歌集　青きモルフォ　音叢書

二〇二二年一月一〇日初版発行

著　者　矢野敦子
香川県丸亀市十番丁四（〒七六三―〇〇三〇）

発行者　田村雅之

発行所　砂子屋書房
東京都千代田区内神田三―四―七（〒一〇一―〇〇四七）
電話　〇三―三二五六―四七〇八　振替　〇〇一三〇―二―九七六三一
URL http://www.sunagoya.com

組　版　はあどわあく

印　刷　長野印刷商工株式会社

製　本　渋谷文泉閣